Este libro pertenece a

Título original: Öfkeli Örümcek Rıza
Texto de Tülin Kozikoğlu
Ilustraciones de Sedat Girgin
© 2014 SEV Yayıncılık Eğitim ve Ticaret A.Ş.

Copyright de esta edición: © Editorial Flamboyant, S. L. 2016
Copyright de la traducción: © Karin Blanco
Corrección de textos: Raúl Alonso Alemany

Esta edición se ha publicado de acuerdo con S. B. Rights Agency.

Primera edición: abril de 2017
ISBN: 978-84-946486-3-2
Impreso en TBB, a.s., Eslovaquia

www.editorialflamboyant.com

Petra, la araña furiosa

Autora:

Tülin Kozikoğlu

Ilustrador:

Sedat Girgin

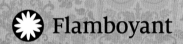 Flamboyant

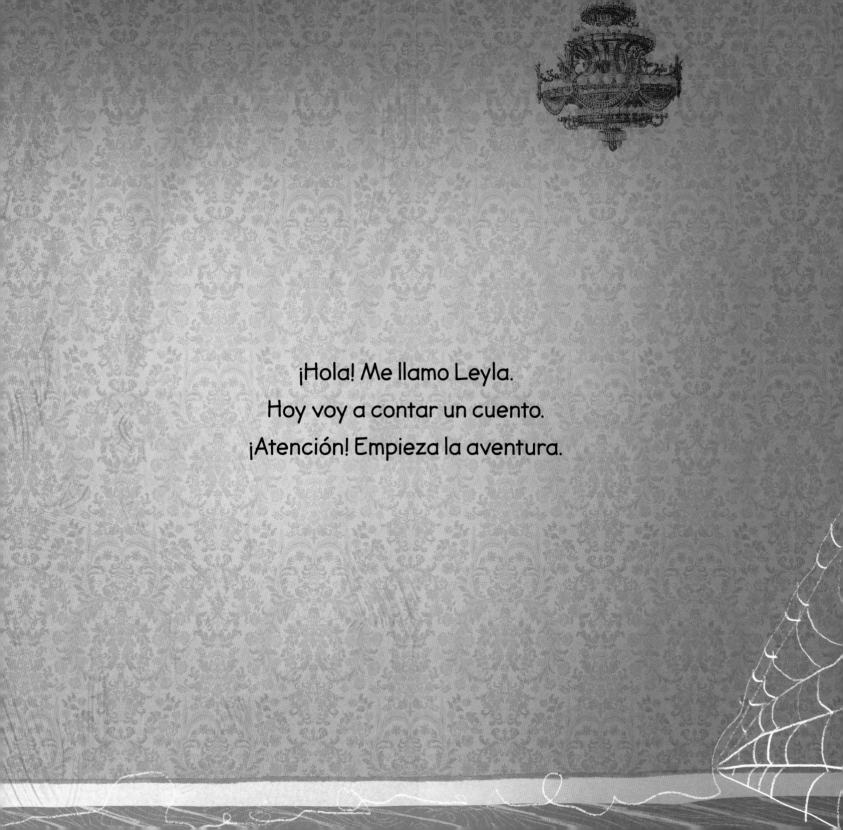

¡Hola! Me llamo Leyla.

Hoy voy a contar un cuento.

¡Atención! Empieza la aventura.

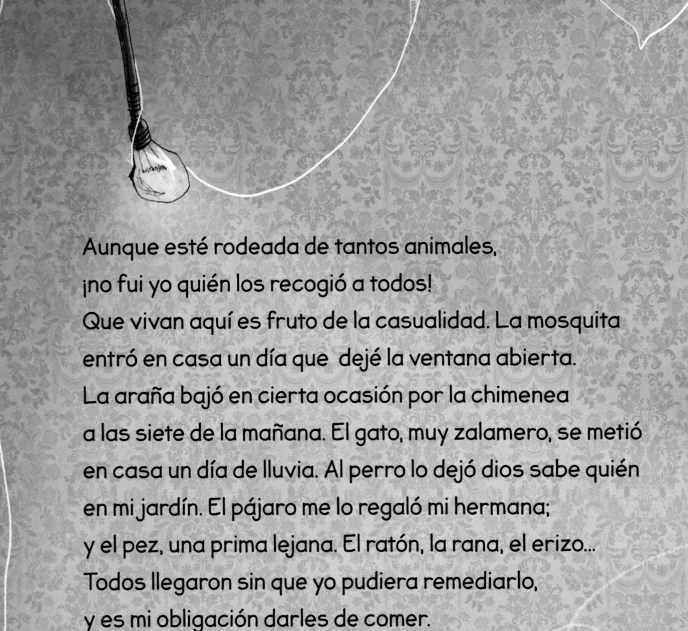

Aunque esté rodeada de tantos animales,
¡no fui yo quién los recogió a todos!
Que vivan aquí es fruto de la casualidad. La mosquita
entró en casa un día que dejé la ventana abierta.
La araña bajó en cierta ocasión por la chimenea
a las siete de la mañana. El gato, muy zalamero, se metió
en casa un día de lluvia. Al perro lo dejó dios sabe quién
en mi jardín. El pájaro me lo regaló mi hermana;
y el pez, una prima lejana. El ratón, la rana, el erizo...
Todos llegaron sin que yo pudiera remediarlo,
y es mi obligación darles de comer.

¡No es fácil vivir en una casa con tantos animales!
¡Menos aún cuando se tienen ochenta y seis años, como yo!
Alimentarlos, bañarlos y acostarlos es lo más sencillo.
Lo más difícil es convivir con sus extravagantes personalidades.
¡Son tan diferentes!

Por ejemplo, mi araña Petra,
¡qué furiosa se pone! Y que nadie diga:
«¿Cómo va a estar enfadada una araña?».
¡Juro que es así! Y quien no lo crea que preste
atención a la historia que les voy a contar.

Hace unos días, Petra se levantó
temprano y tejió una tela
que la mantuvo ocupada durante horas.

Luego salió a tomar el aire.
¿Y qué vio cuando regresó?

La mosquita Ana
había quedado atrapada
en su tela.

¿Qué iba a hacer Petra? Pues no le quedó
más remedio que tejer una tela nueva, más
impresionante que la anterior.
Al terminar, se había ganado un descanso.

Al rato, aparecieron
el perro Marco y la gata Sara
jugando al pilla-pilla.
No vieron la tela y...

¿Qué iba a hacer Petra sino enfadarse?
¡Casi le da un ataque de los nervios!

Viendo la última creación de Petra,
¡se nota que los nervios
la tienen a punto de explotar!
Espero que no le pase nada
a la tela esta vez, así podría
acostarse y descansar.

Pero cuando Rita salió de su jaula
para dar una vuelta...

¿Cómo iba Petra
a quedarse tranquila?

La nueva tela también se estropeó...
Y, claro, Petra montó en cólera.

Hoy está tan enfadada que trama
planes para calmar su rabia:

«Ojalá fuera una araña venenosa. Podría morder a todo el que se me pusiera por delante. ¡Tal vez entonces se me pasaría el enfado, y los que me sacaron de mis casillas aprenderían la lección!»

Pero, a pesar de todo, nuestra Petra es muy inteligente.

Pensó un poco y se dio cuenta de que las redes que había tejido eran invisibles. En realidad, nadie las había roto intencionadamente.

Así pues, debía encontrar una solución distinta para su problema.

En ese preciso instante, vio las pinturas de colores
y enseguida decidió intentarlo una vez más.

Pero esta vez...
utilizó un truco:
con cada paso,
metió la patita
    en un color distinto.

Ahora resultaba imposible no ver las telas de araña. El salón estaba repleto de verdaderas obras de arte.

Y en la cara de Petra, en lugar de enfado...,
pudo verse una hermosa sonrisa.

BIBLIOTECA LOS CUENTOS DE LEYLA FONTEN

LOS CUENTOS DE LeyLA FONTEN